La Visite du Major

Répertoire CHARLUS

1. La Visite du Major
   (Scène de la vie militaire)
2. A la future Exposition
   (Fantaisie humoristique)
3. Mon Sipholo
   (Chansonnette grivoise)
4. Les Pilules Groscolard
   (Monologue grivois)
5. La Visite
   (Monologue grivois de G. de Nola)
6. La Queue
   (Monologue grivois de G. de Nola)
7. Instant Psychologique
   (Chansonnette grivoise de G. de Nola)
8. L'Onguent
   (Monologue grivois de G. de Nola)
9. Le Carillon d'Amour
   (Chansonnette grivoise de G. de Nola)
10. Le Garde-champêtre (j'vous y prends)
    (Chansonnette)
11. La Fille de Parthenay
    (Chansonnette)
12. Mme Cardinal au championnat de lutte
    (Chanson Montmartroise, 0.50 net)

Chaque Chansonnette ou Monologue, 0.35 net

La 1re Série des "Succès du Phonographe" comprend

Six Tyroliennes nouvelles de GUÉRIN-BRABANT

avec Acct de Piano, chaque 0.50 net

❦❦❦❦❦

Marcel LABBÉ, Editeur, 20, Rue du Croissant, Paris (IIme)

Imp H Mibot

❦ ❦ ❦ ❦

La Visite du Major

(Scène de la vie militaire)

Créée par CHARLUS

L'ADJUDANT. — « Clairon, sonnez aux malades ! »

LE MAJOR. — « Allons, allons, dépêchons-nous, j'suis pressé... avancez l'numéro 1... Comment vous appelez-vous ?... Boudin... Ah ! c'est vous l'cochon d'Boudin ! où vous sentez-vous mal ? »

— « Au régiment, major... »

— « Qu'est-c'que vous m'contez là... vous m'prenez pour un' tourte, prendrez 30 grammes d'ipéca. Allez ! rompez. Et vous l'numéro 2 ?.., où vous sentez-vous mal ? »

(accent normand). — « M. le Major, c'est là... toute la journée, ça monte, ça descend, ça r'monte et ça r'descend... »

LE MAJOR. — « Qu'est-c'que c'est qu'cette maladie-là, vous avez avalé un ascenseur ?... »

— « P't'être ben qu'voui, p't'être ben qu'non M. le Major, mais j'crais plutôt qu'ça m'vient d'un' nommée Catherine ».

— « Allons, allons, c'est une histoire de brigands qu'vous m'racontez-là, prendrez 50 grammes d'ipéca. Allez, rompez !... Et vous l'parigot, où avez-vous mal ? »

(accent parisien) — M'sieu l'Major, j'demande à être exempté d'la marche, j'ai les pieds comme qui dirait en dentelles, j'marche pas, quoi, j'ai les pieds nickelés ».

LE MAJOR. — « Des pieds en dentelle nickelée, c'est pas d'ordonnance, vous m'ferez 4 jours pour avoir des pieds d'fantaisie. Allez, rompez ! Et vous, l'numéro 4, qu'est-c'que vous avez ? »

M. LABBÉ, Éditeur, 20, Rue du Croissant, Paris.

(accent auvergnat) — « Moi, monchieu l'Major, j'avais les amideladales enflés, et on me les a coupés par erreur. Bougri, à présent, j'en suis anémique ».

— « Eh bien, vous prendrez 50 grammes d'ipéca, rompez et n'galopez pas trop, vous pourriez attrapper une phtisie galopante. »

(accent méridional). — « Moi, M. le Major, j'suis le cantinier, j'aurais un mot à vous dire au sujet de ma femme qui a mal au ventre, ell' prétend qu'c'est l'Boudin qu'en est cause. »

Le Major. — « Comment, c'est Boudin qui est cause si la cantinière a mal au ventre. Caporal vous lui enfilerez douze lavements. Quant à vous cantinier, vous f'rez prendre à votre femme 2 litres de haricots verts que vous ferez dissoudre dans un litre de pétrole, vous l'étendrez sur le marbre de votre commode, vous lui mettrez le cataplasme sur le ventre. Couvrez-la avec une échelle double, si la transpiration vient, elle est guérie ; si elle ne vient pas, elle est foutue. Allez, rompez !... »

L'Adjudant. — « Clairon, sonnez la soupe ! »

SIM.

ALBUM SUCCÈS

COLLECTION DE 75 MORCEAUX CHOISIS POUR
MANDOLINE ou VIOLON

en 50 numéros séparés à 0f25 réunis en 2 Recueils de 2f chaque.

Paris, M. LABBÉ, Editeur, 20, Rue du Croissant (2e Art)

"Succès du Phonographe" (2e Série)

Les Pilules Groscolard

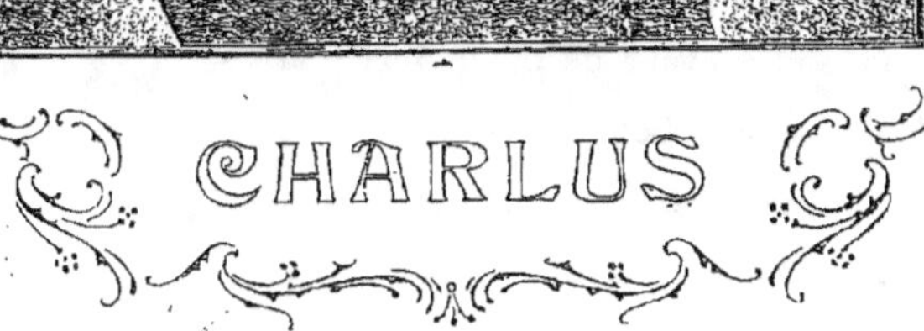

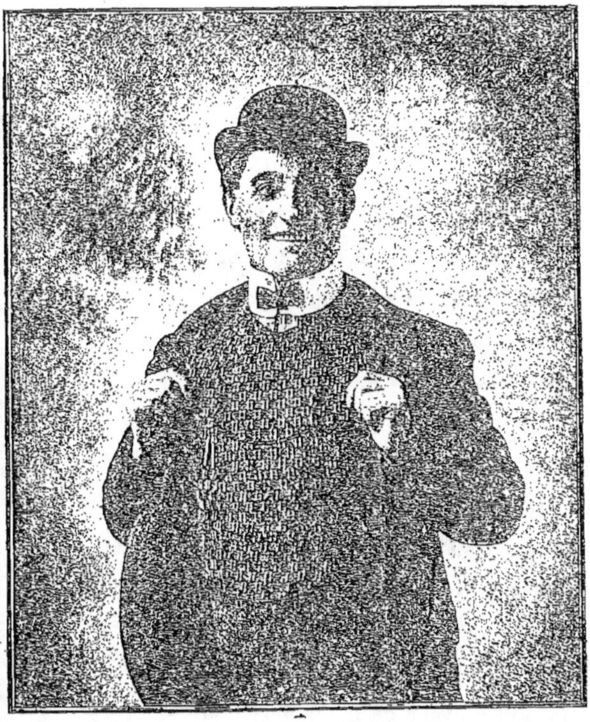

CHARLUS

Répertoire CHARLUS

1. La Visite du Major (Scène de la vie militaire)
2. A la future Exposition (Fantaisie humoristique)
3. Mon Sipholo (Chansonnette grivoise)
4. Les Pilules Groscolard (Monologue grivois)
5. La Visite (Monologue grivois de **G. de Nola**)
6. La Queue (Monologue grivois de **G. de Nola**)
7. Instant Psychologique (Chansonnette grivoise de **G. de Nola**)
8. L'Onguent (Monologue grivois de **G. de Nola**)
9. Le Carillon d'Amour (Chansonnette grivoise de **G. de Nola**)
10. Le Garde-champêtre (j'vous y prends) (Chansonnette)
11. La Fille de Parthenay (Chansonnette)
12. Mme Cardinal au championnat de lutte (Chanson Montmartroise, 0.50 *net*)

Chaque Chansonnette ou Monologue, 0.35 net

La 1re Série des "**Succès du Phonographe**" comprend

Six Tyroliennes nouvelles de GUÉRIN-BRABANT

avec Acct de Piano, chaque **0.50** *net*

Marcel LABBÉ, Editeur, 20, Rue du Croissant, Paris (IIme)

Imp. H. Mieu

❦ ❦ ❦ ❦

Les Pilules Groscolard

Enregistré par "CHARLUS"

J' vais vous raconter c'qu'est arrivé à mon ami Craquenvoix le jour de son mariage.

Devant épouser un' jeune fille de 17 ans, il s'en va trouver un de ses amis qui est médecin et lui dit : « Mon vieux, voilà c'qui s'passe ; j'dois m'marier, j'dois épouser une jeune fille de 17 ans, alors tu comprends que moi qui en ai 57, je n'me sens pas la force voulue pour... tu comprends c'que j'veux dire ; je voudrais donc que tu m'donnes pour une fois, tu entends, pour une fois seulement, toute la force voulue, que tu me rendes épatant, ah ! mais là tu sais, tout à fait épatant. Le médecin lui dit : si c'n'est que pour une fois, c'est facile. Il lui prépare donc une boîte de pilules dites « Groscolard » et lui dit : Tu en prendras 3 en sortant de la mairie, 3 avant de dîner et 3 avant de te coucher. Si tu n'es pas épatant ! eh bien, mon vieux cochon, je perds mon nom. Ça va bien, le jour de la cérémonie arrive, Craquenvoix prend 3 pilules en sortant de la mairie, 3 avant de dîner, mais au moment de s'coucher, il met tout l'contenu de la boîte dans le creux de sa main et s'dit : Non d'un chien ! faut encore que je sois plus épatant que ça ; alors il avale toute la boîte !... Ah ! la, la, la, la, ça n'a pas tardé ; la p'tite fait son entrée dans la chambre nuptiale, il l'empoigne, aïe donc là, 2, 3, 4, 5, 6, 7, 8 fois, c'était épatant ; effrayée, la p'tite se met à crier, sa mère arrive, mon Dieu, mon enfant, qu'est-ce qu'il y a !... il empoigne la belle-mère, aïe donc là..., 2, 3, 4, 5, 6 fois, c'était épatant ; effrayée à son tour, la bell'-mère se met à crier, toutes les

℔. LABBÉ, Éditeur, 20, rue du Croissant, Paris

dames de la noce arrivent... il empoigne toutes les dames... aïe donc
2, 3, 4, 5 fois, c'était épatant, les dames se mettent à crier — la
concierge, entendant ce vacarme, monte : Mon Dieu, mon Dieu,
qu'est-ce que c'est qu'ce potin, j'vais aller chercher les agents !... il
empoigne la concierge, aïe donc là, 2, 3, 4, 5 fois, c'était épatant, la
concierge en bavait, ell' s'était jamais vue à pareille noce !... Enfin !
éreinté, n'en pouvant plus, Craquenvoix s'endort et meurt.

Eh bien ! c'est rien qu'ça, c'est rien du tout. 24 heures après, pour
la mise en bière, la concierge a été obligée de s'asseoir dessus pour
pouvoir fermer le couvercle, il avait encore la canne !...

Vous croyez peut-être que c'est d'la blague ! pas du tout, c'est un
de mes amis qui me l'a raconté, un Marseillais, et vous savez bien que
les Marseillais ne mentent jamais, non, c'est que j'tousse !

SIM.

"Les Succès du Phonographe" ❀ ❀ ❀ ❀ ❀ ❀ ❀ (2me Série)

A la future Exposition

Répertoire CHARLUS

1. La Visite du Major
(Scène de la vie militaire)
2. A la future Exposition
(Fantaisie humoristique)
3. Mon Sipholo
(Chansonnette grivoise)
4. Les Pilules Groscolard
(Monologue grivois)
5. La Visite
(Monologue grivois de G. de Nola)
6. La Queue
(Monologue grivois de G. de Nola)
7. Instant Psychologique
(Chansonnette grivoise de G. de Nola)
8. L'Onguent
(Monologue grivois de G. de Nola)
9. Le Carillon d'Amour
(Chansonnette grivoise de G. de Nola)
10. Le Garde-champêtre (j'vous y prends)
(Chansonnette)
11. La Fille de Parthenay
(Chansonnette)
12. Mme Cardinal au championnat de lutte
(Chanson Montmartroise, 0.50 net)

CHARLUS

Chaque Chansonnette ou Monologue, 0.35 net

La 1re Série des "Succès du Phonographe" comprend
Six Tyroliennes nouvelles de GUÉRIN-BRABANT
avec Acc¹ de Piano, chaque 0.50 net

❀ ❀ ❀ ❀ ❀

Marcel LABBÉ, Editeur, 20, Rue du Croissant, Paris (IIme)
Tous droits d'édition, d'exécution publique, de traduction, de reproduction et d'arrangements réservés
pour tous pays, y compris la Suède, la Norvège et le Danemark.

Imp H Minot

A la future Exposition

Fantaisie Humoristique
Créée par CHARLUS

Je vais vous chanter en musique
Avec un r'frain sur le piston,
Tout c'que l'on verra d'magnifique
A la prochaine Exposition.

Y aura d'abord des fromages
Qui seront tous des plus variés,
La plupart seront dans des cages
Pour qu'ils n'puissent pas s'tirer des pieds !

Les étrangers auront leurs aises
A l'hôtel ousqu'ils descendront
Dans leur lit y aura peu d'punaises
Mais elles s'ront grosses comme des z'hannetons.

On garnira d'carpes et d'ablettes
L'Aquarium du Trocadéro,
Et toutes les petites cocodettes
Pourront y mener leurs... messieurs.

M. LABBÉ, Éditeur, 20, Rue du Croissant, Paris.

Y aura même une eau surprenante
Qui rendra les seins durs et secs
C'qui fait qu'les dames trop opulentes
Ne s'flanqueront plus de gifles avec.

*
* *

Les statues des jardins s'ront dignes
Et même les plus nues possèd'ront
Sur le devant un' feuille de vigne
Sur le derrière un p'tit bouchon.

*
* *

On pourra dans l'subtil organe
Qu'est l'phonographe des frères Pathé,
Entendr' les notes du Pétomane
Avec l'odeur à volonté.

*
* *

Parmi toutes les choses magnifiques,
Qui viendront vous émerveiller
Y aura des scieries mécaniques
Qui donneront des envies d'scier.

SIM.

ALBUM SUCCÈS

COLLECTION DE 75 MORCEAUX CHOISIS POUR

MANDOLINE ou VIOLON

en 50 numéros séparés à 0.25 réunis en 2 Recueils de 2f. chaque.

· 1er RECUEIL ·

1. JÉHIN . . . . Siempre-tu, *Valse*
2. { CARITAN-BENOIT . Juanita, *Habanera*
   { LAURENT de RILLÉ . Ode au Chameau
3. M.LAMBERT . . Valse tendre.
4. { . . . . Gigue anglaise.
   { DELISLE . . . N'effeuillez pas les roses, *Romce*
5. { QUEILLE . . . . Légende du Bohémien, *Valse*
   { BARD . . . . . . Pst! Pst! *Polka.*
6. E.POILPOT . . Mélancolie
7. { BOYRAU . . . . La France guerrière, *Chant natel*
   { ROUGET de L'ISLE. La Marseillaise.
8. { L. LÉON . . . Un vieux farceur.
   { . . . . Brabançonne, *Hymne belge*
9. CAZANEUVE Entrevue de Bal, *Air de ballet*
10. KRIER . . . . . Pierrot chante et meurt, *Rondeau-Sérre*
11. . . . . Les Lanciers, *Quadrille*
12. JOUVE . . . Colette-Mazurka
13. JOUVE . . . . . Joyeuse Marche.
14. de FOLLEVILLE. Babillarde, *Schottisch*
15. JOUVE . . . . . En Poste, *Berline*
16. CARMAN . . . Sous la feuillée, *Idylle.*
17. GILLET . . . . . Bonjour Bonsoir, *Intermezzo*
18. { SPENCER . . . Banknot chahut, *Polka.*
    { TH.TAVERNIER. L'Abbé de Cour, *Pavane*
19. CAZANEUVE. Fin de nuit, *Aubade*
20. Ciao! *Célèbre Valse*
21. MARCAILHOU. Le Torrent, *Valse*
22. { JOUVE . . . . . Pas de quatre mondain
    { FISCHER & DEVAUX. Dansez bergère, *Gavotte*
23. { . . . . La Paloma, *Célèbre Habanera*
    { DANIEL . . . . . Reine Victoria, *Schottisch*
24. { Varsovienne, *Chant patriotique*
    { VARNEY . . . . . . Chœur des Girondins.
25. JOUVE . . . . Joli Couple. *Pas de deux*

· 2me RECUEIL ·

26. CAZANEUVE. Tzigane fiancée. *Valse tr. lente.*
27. { Xavier LA MAREILLE. Titania.
    { GRÉTRY . . . O Richard! o mon roi!
28. STRAUSS . . . Diable à 4. *Quadrille américain*
29. { G. ISKI . . . . Pierrots et Pierrettes, *Valse.*
    { . . . . . La Mouker, *Danse arabe*
30. QUEILLE . . Le Souvenir, *Valse*
31. { POURNY . . Les quatre invitations, *Polka.*
    { NADAUD . . Soldat de Marsala, *Romance.*
32. { . . . . Hymne Russe.
    { MARTINI. . Plaisir d'amour.
33. { J.J.ROUSSEAU. Que le jour me dure, *Méle arabe.*
    { COLLIN . . . Rossignol n'a pas encore chanté, *Sérr*
34. CAZANEUVE. Un coin de Naples, *Sérénade.*
35. { . . . . Se canto, *Chant populre languedocien*
    { COPPINI. . . Viens belle nuit, *Célèbre Mélodie*
36. JOUVE. . . . Marche des Bleus, *Marche militre*
37. { . . . . Carnaval de Venise.
    { MÉHUL . . . Chant du Départ
38. de FOLLEVILLE. La Scéenne, *Mazurka*
39. JOUVE . . . . . Souvenir d'Antan, *Menuet*
40. MARCAILHOU. Indiana, *Valse*
41. { . . . . Colinette au bois s'en alla.
    { . . . . La Carmagnole.
42. { LASSIMONNE. Marghuerita, *Bolero*
    { WEBER. . . Invitation à la Valse
43. { WEBER . . . Dernière pensée.
    { JOUVE . . . . Very Well, *Cake Walk*
44. CHOPIN. . . Marche funèbre.
45. JÉHIN . . . Méditation.
46. { . . . . La Parisienne, *Marche nationale*
    { . . . . Les Allobroges, *Chant nat' savoyard.*
47. Refrains Militaires { Auprès de ma Blonde.
                        { Sur la route de Louviers.
                        { Régiment qui passe.
                        { Retraite qui passe
48. Bourrée-Bamboula-Matelotte
49. { MOZART . . Marche Turque.
    { . . . . Sancta Lucia, *Chanson napolitaine*
50. JOUVE . . . . . Oldsmobile-Galop.

Paris, **M.LABBÉ**, Editeur, 20, Rue du Croissant (2e Art)